VO

VOYAGE AU LAOS

PAR

M. HEURTEL

Capitaine de frégate

Extrait de la Revue maritime et coloniale
(Octobre 1890.)

PARIS

LIBRAIRIE MILITAIRE DE L. BAUDOIN ET Cⁱᵉ

IMPRIMEURS-ÉDITEURS

30, Rue et Passage Dauphine, 30

1890

VOYAGE AU LAOS

PARIS. — IMPRIMERIE L. BAUDOIN ET C⁹, 2, RUE CHRISTINE

VOYAGE AU LAOS

PAR

M. HEURTEL

Capitaine de frégate

Extrait de la Revue maritime et coloniale.

(Octobre 1890.)

PARIS

LIBRAIRIE MILITAIRE DE L. BAUDOIN ET Cᵒ

IMPRIMEURS-ÉDITEURS

30, Rue et Passage Dauphine, 30

1890

VOYAGE AU LAOS

Le lieutenant de vaisseau HEURTEL, *commandant l'aviso l'Alouette, à M. le capitaine de vaisseau, chef de la division navale de Cochinchine.*

Saigon, bord, le 15 septembre 1889.

Commandant,

Conformément à vos instructions du 16 août nº 212, l'*Alouette* a quitté Saigon le 17 au matin, et, passant par le Soirap, à une heure de l'après-midi elle se trouvait par le travers de la balise Norodom, avec une heure de flot, un temps calme et clair. Nous avions en vue à ce moment, une balise rouge qui a été placée depuis un mois, à l'accore sud du banc nord de l'entrée du Cua-Thieu, et qui pas plus que les autres, n'a été signalée à la marine.

La route que je suis habituellement, m'en a fait passer à environ cent mètres dans le sud. J'ai alors gouverné sur la balise blanche (elle était peinte en rouge et noir quand je suis passé il y a un mois) qui est placée un peu au nord du milieu du banc sud de l'entrée. Je n'avais pas fait un demi-mille, le cap au nord 85º ouest environ, que je traînais sur l'accore sud du banc de vase nord, un peu dans le sud-est du point marqué balise noire (qui n'existe plus) sur la carte du dépôt 2623, édition de 1887.

La sonde indiquait à ce moment 2m,20 devant, 2m,50 derrière (vase).

Le tirant d'eau du bâtiment était 2m,25 AV, 2m,42 AR.

La machine, mise en arrière, m'a de suite ramené dans les fonds de 2^m,50 à 3^m ; avant de repartir en avant, j'ai fait sonder par un youyou pour m'assurer que j'étais dans le chenal.

A trois heures, nous passions par le travers du Mirador, à la nuit nous mouillions à 5 milles au-dessus de Mytho.

C'est la seconde fois que je trouve des fonds inférieurs à ceux que je comptais trouver dans le chenal du Cua-Thieu. Je ne serais pas étonné, que le banc nord ait un peu gagné dans le sud ; si les circonstances me le permettent, lorsque je rentrerai à Saïgon, je m'en assurerai.

J'ai déjà eu l'occasion de signaler dans un précédent rapport, la gêne que j'avais éprouvée, entrant le soir dans le Cua-Thieu, en trouvant sur ma route une balise dont j'ignorais l'existence ; cet amer, à un moment donné, peut devenir un véritable danger.

Le 18, au jour, nous remettions en route, et le soir nous laissions tomber l'ancre devant le séminaire, établi par les missionnaires, dans l'île de Culao-Gien.

Le 19, à six heures du matin, nous passions dans le fleuve posté rieur.

De Chaudoc à Pnom-Penh. — A dix heures nous arrivions à Chaudoc, où je m'arrêtai pour faire des vivres et prendre des renseignements sur le bras de Chaudoc à Pnom-Penh, que je désirais remonter pour compléter ma connaissance de cette région.

Les Messageries fluviales qui d'après leur contrat, doivent suivre cette route à partir du 15 juillet, ne l'avaient pas encore prise à cause du retard de la crue du fleuve, et le résident m'affirmait qu'il n'y avait pas suffisamment d'eau pour l'*Alouette*. Comme le seul point où je pouvais craindre d'être arrêté, ne se trouvait qu'à quelques milles de Chaudoc, que de plus le courant ne dépassait pas deux nœuds, j'appareillai à midi, et, la sonde à la main, je m'engageai dans l'étroit chenal de Ca-Cui, où je trouvai des fonds supérieurs à 2^m,50.

A la nuit nous mouillions au sud de Culao-Prec-Umbol, et le 20, à dix heures du matin, nous affourchions devant la résidence de Pnom-Penh.

Au mouillage se trouvaient la *Sagaie* et le *Cimeterre*, qui a fait route pour Saïgon vers midi.

Je me suis rendu de suite à la résidence, où j'ai été fort aimablement reçu par M. de Verneville. Conformément à vos instructions, je me suis entendu avec le résident supérieur, qui non seulement a approuvé mon projet de remonter de suite dans le grand fleuve jusqu'à Sambor, *si je le pouvais*, mais qui a insisté sur l'opportunité politique de la visite de ces parages par l'*Alouette*.

De Pnom-Penh à Krattié. — Le 21, au jour, nous quittions Pnom-Penh ; le soir nous mouillions devant Compong-Chiam, en suivant les indications d'un lever, inexact aujourd'hui, fait en 1886 par M. Laugier, enseigne de vaisseau.

Il y a, à cet endroit du fleuve, une échancrure de la berge devant laquelle s'est formé un tourbillon d'environ 300m de diamètre ; ce tourbillon s'est déplacé, l'ancre est tombée dans un fond *de 54 mètres*. Le bâtiment s'est mis à tourner lentement autour de son avant qui se trouvait juste au centre du tourbillon. J'ai dérapé de suite, et je suis venu mouiller à quatre cents mètres plus au sud, devant le milieu du village, à toucher la berge, par 18 mètres de fond (sable) d'excellente tenue.

Le 22 au jour, nous avons fait route pour Krattié, où nous mouillions sans incident à 5 heures du soir, à toucher l'appontement de la résidence, par 12 mètres de fond (sable).

Courants. — *Documents sur les rapides.* — Le courant de descente du fleuve, observé dans les journées du 21 et du 22, a varié entre 2 et 3 nœuds. La crue du fleuve en ce moment, rapportée à la courbe des eaux, observée à Sambor en 1884-1885 (carte manuscrite n° 1 du Cambodge, de Krattié à Ca-Some-Tome, exécutée par M. de Fésigny, du 1er au 7 octobre 1884), serait, d'après les comparaisons des sondes, de 7 mètres à 8 mètres.

Pour continuer ma route au-dessus de Krattié, j'avais à ma disposition le rapport de M. Campion, qui, en 1885, avait remonté l'*Alouette* jusqu'à Sambor, et les cartes suivantes :

1° Cambodge : de Krattié au nord de Ca-Prien, 4e feuille (manuscrite), lever en septembre et octobre 1884 par M. de Fésigny ;

2° Haut-Cambodge : Cours du fleuve de Ca-Prien au nord de Ca-Lonnieu (manuscrite), lever en août 1885 par M. de Fésigny ;

3° Cambodge : De Ca-Lonnieu à la frontière siamoise (manuscrit), croquis fait en septembre 1885 par M. de Fésigny.

De Krattié à Sambor. — Après avoir soigneusement suivi, sur ces divers plans, le manuscrit non daté des travaux hydrographiques du Haut-Mékong de M. de Fésigny, j'ai le 23 août, à 5 h. 30 du matin, quitté Krattié en longeant la berge à une trentaine de mètres et je suis arrivé à 9 heures sans la moindre difficulté devant Sambor, tête de ligne des Messageries fluviales aux hautes eaux, n'ayant pas trouvé par le travers du rapide proprement dit, plus de 3 n. 5 de courant.

A mon passage à Pnom-Penh, j'avais appris que le résident supérieur devait, dans une quinzaine de jours, remonter au delà des rapides avec M. Araud, l'intelligent et entreprenant directeur des Messageries fluviales qui venait, avec une de ses chaloupes, faire une tournée d'étude dans ces parages, afin d'arrêter le type de bateau le plus convenable pour assurer aux hautes eaux un service jusqu'à Stong-Treng. Je savais aussi les appréhensions qu'inspirait à tous, la navigation jusqu'à la frontière cambodgienne, les doutes que l'on avait encore sur la possibilité de franchir sans risques le barrage de Préa-Patang, et je pensai que si je réussissais à conduire l'*Alouette* jusqu'au mouillage de Ca-Toc, avec les cartes de M. de Fésigny, je ferais œuvre utile qui porterait immédiatement ses fruits.

La route tracée il y a quatre ans à travers ces trente milles de rapides qui séparent Sambor de Préa-Patang serait élargie, et la connaissance que j'en aurais, me permettrait de donner aux pionniers de notre commerce, des renseignements qui leur enlèveraient toute hésitation.

De Sambor à Ca-Toc. — L'exactitude du lever de M. de Fésigny entre Krattié et Sambor, m'ayant donné toute confiance dans les cartes qu'a signées cet officier, je n'hésitai pas à continuer ma route, et je m'engageai, à 9 h. 30, dans le chenal à l'ouest de Ca-Lonnieu, ne doutant plus que le pavillon de l'*Alouette* flotterait le soir devant Préa-Patang.

A 11 h. 40, nous entrions dans le chenal à l'ouest de Ca-Prien; presque aussitôt, la rivière semblait complètement *fermée* par le rideau des grands arbres rangés sur une seule ligne, qui forment le premier barrage des rapides supérieurs. A mesure que nous avan-

les arbres s'écartaient de Ca-Prien, la route s'ouvrait [...]
[...] h. 25, le rideau d'arbres avait de nouveau fermé la rivière der[...]
[...]re nous ; le rapide de Ca-Prien était franchi.

Là encore, nous n'avions pas trouvé plus de 3 n. 5 de courant.

Nous allions aborder la partie du fleuve qui présente le plus de difficultés à la navigation.

Le passage, entre Caplon et Ca-Lonnieu, est rempli de roches couvertes en cette saison ; il faut, par endroits, chenaler entre les cimes d'arbres plus nombreuses que partout ailleurs, et le courant devient de plus en plus fort, à mesure que l'on remonte.

Tourbillons de Prasco. — A 1 heure, nous l'avions franchi très aisément, et nous entrions dans les grands tourbillons de Prasco. Le courant était alors d'environ six nœuds ; l'eau bouillonnait autour de nous, des remous circulaires de quinze à vingt mètres de diamètre, à dépression centrale qui atteignait souvent plus d'un mètre, s'enchevêtraient sur la ligne médiane du fleuve, charriant des troncs d'arbres arrachés aux berges, des pièces de bois enlevées aux radeaux des Laotiens, qui, énormes ludions, descendaient le fleuve en tournoyant.

C'était beaucoup plus effrayant que dangereux, surtout pour un bâtiment en bois et à roues.

A son entrée dans ce chaos, l'*Alouette* sembla hésiter : elle eut plusieurs mouvements de roulis légers, elle montra quelques velléités de se livrer à la ronde générale, et après deux ou trois embardées rapidement corrigées, elle continua sa route, se laissant gouverner très facilement.

A 1 h. 50, nous nous trouvions au sud de Ca-Anchey, dans des eaux relativement calmes, refoulant un courant qui ne dépassait pas alors quatre nœuds.

Deux chemins s'ouvraient devant nous : celui de droite connu, celui de gauche *inexploré*, signalé libre aux basses eaux. Le courant y paraissant moins fort que dans celui de droite, je m'y engageai lentement, en en faisant le lever et je lui donnai le nom de « passe de l'*Alouette* ».

Cet excellent petit bâtiment avait bien mérité de laisser trace de son passage au milieu du dédale d'îles, d'écueils et d'arbres noyés, dans lequel il était engagé depuis le lever du soleil.

Ca-Toc-Préa-Patang. — Nous avions le rapide Garnier par le travers, à 3 heures ; quelques minutes plus tard, nous doublions le sud de Ca-Tombon, le barrage milieu de Préa-Patang se montrait à nous dans toute sa sauvage beauté, et je mouillais devant lui à toucher Ca-Toc, par 12 mètres (s. v.) ; une amarre envoyée à terre nous accostait aux herbes de la berge, nous pouvions dormir tranquilles, nous reposer, la journée n'avait pas été perdue.

J'étais resté sur la passerelle, explorant à la jumelle la partie inférieure du barrage dans laquelle s'ouvre la passe Reveillère. J'en voyais très distinctement l'entrée ; élevé comme je l'étais, je suivais parfaitement un *S* dessiné par les tourbillons au milieu des broussailles émergeantes, et je ne doutai pas que cet *S* n'indiquât très exactement le chenal.

Trois cents mètres à peine à faire, dans des remous qui ne paraissaient pas beaucoup plus violents que ceux de Prasco !... une marche à monter ! et l'on retombait dans le rapide, n'ayant plus à lutter contre lui que de vitesse... et trois milles plus loin, *tout droit*, l'on arrivait à la frontière du Laos où le fleuve devient large, libre et profond.

J'étais vivement contrarié, de n'avoir à ma disposition que l'insuffisant croquis fait lors du passage du torpilleur 44 en 1885. Connaissant mon bâtiment comme je le connaissais, sûr de sa machine, certain avec mon officier de route, M. Guissez, avec mes hommes de barre entraînés depuis le matin à manœuvrer pour les tourbillons, d'en être maître, quelle que fût la violence des remous, je n'aurais pas hésité à aller de l'avant, et cela *sans la moindre témérité.*

J'allais, pour oublier ce contretemps, étudier le lever de la passe Fésigny, et voir s'il ne serait pas possible de remonter facilement par ce côté, lorsque j'aperçus à un demi-mille au-dessus du barrage, au milieu des rapides, un petit sampan monté par deux Penons, qui se dirigeait vers les tourbillons. Quelques minutes plus tard, il y était engagé, il les passait tout naturellement, emporté par le courant, décrivant à peu près la courbe de l'*S* que je supposais être le chenal, sans que ses pagayeurs, assis l'un à son avant, l'autre à son arrière, eussent fait autre chose que pagayer tranquillement, comme ils le faisaient auparavant.

Ce qu'une embarcation au ras de l'eau venait de faire, je pouvais le tenter avec une baleinière farguée : si je réussissais, je serais fixé

...r la forme du chenal, sur sa profondeur, je pourrais peut-être y faire passer l'*Alouette*.

Mais il fallait, pour cela, arriver à remonter au-dessus du barrage, ce qui ne semblait guère possible.

Reconnaissance du barrage de Préa-Patang. — Je donnai l'ordre de mettre dans la baleinière, débarrassée de tout ce qui était inutile, son armement annamite formé d'hommes vigoureux, excellents nageurs, un sondeur annamite, et j'y embarquai avec M. Guissez qui m'avait exprimé le désir de m'accompagner. Tout d'abord, aidés par un contre-courant, nous nous élevâmes facilement le long de Ca-Toc. Le chenal qui la coupe en deux était presque traversé, les nageurs redoublaient d'efforts, nous allions atteindre les premiers arbres du barrage, lorsque nous fûmes arrêtés net par l'eau qui se déversait entre eux avec violence.

Il n'y avait pas à s'entêter, nous perdions.

Je revins me mettre à l'abri le long de Ca-Toc, et, lorsque les hommes furent reposés, je me décidai à traverser le fleuve. Le courant était plus maniable le long de Ca-Tombon. Nous fûmes bientôt amarrés à l'un des arbres noyés qui font à cette île une bordure non interrompue ; je ne doutai plus que je réussirais à me déhaler de l'un à l'autre assez haut, pour me mettre dans la situation du sampan Penon.

Après bien des haltes, ayant toujours gagné, nous étions enfin assez élevés au-dessus du barrage, pour que nous pussions atteindre le milieu du rapide avant les remous de l'*S*.

Un dernier repos, un dernier appel aux muscles des baleiniers, et nous nous trouvions au milieu du rapide, beaucoup plus tranquilles que je ne me l'étais imaginé, gouvernant assez facilement pour passer d'un remous dans un autre, et ralentir notre descente. Debout à l'*R*, je voyais très bien le chenal nettement dessiné ; il n'y aurait aucune difficulté de manœuvre pour le faire, on ne serait même pas exposé à stopper pour des troncs d'arbres, tous prenant les passes Garnier et Fésigny : nous n'avions plus qu'à attendre le résultat des sondes.

A toucher les arbres, il y a huit mètres d'eau ; dans le tourbillon on ne trouve pas le fond à 10 mètres !

Que demander de plus ? que le courant ne dépasse pas les forces de l'*Alouette*.

Nous le saurons demain.

Passage des rapides de Préa-Patang. — A 6 h. 30, au matin, le 24, nous appareillions, et à 6 h. 10 nous avions le cap sur le milieu de la passe, le premier récif du barrage par le travers. Je n'avais rien changé à l'allure habituelle de la machine ; elle donnait trente tours, ce qui nous faisait marcher 8 nœuds 5. Si cela ne suffisait pas pour doubler le courant, j'étais décidé, ne voulant pas commettre la moindre imprudence, à ne pas lui demander davantage ; je me serais résigné, quoi qu'il m'en coûtât, à me laisser culer en conservant assez de vitesse pour gouverner, et j'aurais ramené mes regrets à Sombor.

Heureusement, je n'eus pas à prendre ce parti : l'*Alouette* se comporta vaillamment. A son entrée dans les tourbillons, elle donna quelques forts coups de roulis, mais elle ne broncha pas de sa route, comme elle l'avait fait la veille à Prasco ; les hommes de barre ne s'étaient pas laissé surprendre. L'eau bouillonnait, se brisait avec bruit sur la coque, à droite et à gauche elle se glissait écumante entre les buissons accrochés aux roches, il me semblait que nous remontions une pente. Le spectacle était vraiment beau : nous en pouvions jouir à notre aise, car nous marchions lentement, bien lentement, à mon gré..... un demi-nœud à peine.

Enfin, nous sortons des tourbillons, le courant diminue sensiblement, la route se fait large devant nous. Un peu de patience et nous allons retrouver le calme que nous ne connaissons plus depuis vingt-quatre heures.

Le courant était très irrégulier ; lorsque nous nous trouvions devant un passage entre deux îles, il nous étalait presque.

A 8 heures, nous avions la pointe sud de Ca-Pras par le travers, nous en avions fini avec les rapides !

Le Haut-Mékong, dans cette partie de son cours, se montrait large, tranquille, magnifique, avec ses îles couvertes de splendides forêts.

C'était bien ce qui nous avait été promis !

Je continuai ma route, la sonde à la main, suivant en le complétant, un itinéraire fait en 1887 par la mission de Verneville.

Comme au-dessous du rapide, le courant ne dépassa pas trois nœuds.

Stong-Treng. — À midi nous arrivions à Stong-Treng, je mouillai devant la case commune autour de laquelle une foule de curieux se trouvait déjà réunie. Je me fis conduire immédiatement à terre avec un interprète, et je trouvai, en accostant la berge, le gouverneur militaire siamois, qui me tendait la main pour m'aider à débarquer. Il avait mis, pour la circonstance, son vêtement de cérémonie, un dolman de sous-lieutenant avec une décoration siamoise, des bas, des souliers de caoutchouc et le traditionnel casque à pointe britannique.

Son accueil fut très cordial. Il me fallut marcher devant lui pour monter à la case commune : l'unique fauteuil de l'établissement me fut offert, et lorsqu'il eut pris possession de l'escabeau qui restait, une vingtaine de notables ayant à leur tête le chef laotien du village, vinrent s'accroupir à ses côtés. Je lui fis alors dire par l'interprète, qu'étant remonté le matin au-dessus des rapides de Préa-Patang pour en étudier les passes, je n'avais pas voulu venir aussi près de Stong-Treng sans lui faire une visite et que, si j'en avais eu le temps, je lui aurais demandé un pilote pour remonter jusqu'aux cataractes de Khong qui sont, paraît-il, superbes.

Il me répondit qu'il était enchanté de me voir, mais bien étonné qu'un bâtiment comme le mien n'eût pas été arrêté à Préa-Patang, qu'il n'en avait jamais vu un aussi grand. Il me demanda sur les dimensions de l'*Alouette*, sur son équipage, sur son armement, des renseignements que je lui donnai avec plaisir, et je pris congé de lui en lui disant que je reviendrais peut-être à Stong-Treng avant longtemps, et que j'aurais alors le plaisir de le recevoir à mon bord.

De Stong-Treng à Sambor. — *Descente des rapides.* — Il était près d'une heure quand j'appareillai; je n'avais pas de temps à perdre si je voulais exécuter mon programme, qui était de descendre les rapides avant la nuit.

J'étais impatient, je l'avoue, d'en avoir fini avec la manœuvre délicate qu'il m'allait falloir faire pour conduire l'*Alouette* de Ca-Pras à Ca-Toc; elle ne m'inspirait aucune appréhension par elle-même, je savais que le bâtiment serait plus manœuvrant à la descente qu'à la montée, qu'il serait moins influencé par les remous en marchant avec eux qu'en les refoulant; ce qui me préoccupait, c'est que la vitesse avec laquelle j'allais me trouver lancé au milieu de dangers rapprochés, exigerait une rapide et sûre reconnaissance des lieux, pas d'hésitation dans les ordres à donner à la barre, pas d'erreur dans leur exécution….. et c'était beaucoup de choses à la fois.

Le temps s'était couvert, des grains chassaient vite de l'ouest; entre Stong-Treng et Ca-Pras, je fus obligé de stopper deux fois pour laisser passer de fortes averses qui gênaient la vue, et à 2 h. 20 je m'engageai dans le rapide, après avoir mis aux postes de manœuvre et pris toutes mes dispositions pour être obéi à la lettre.

Quelques minutes plus tard, mes préoccupations étaient dissipées; je constatais que l'*Alouette* gouvernait encore mieux que je ne l'avais supposé, que la barre était beaucoup moins dure à manœuvrer qu'à contre-courant.

Nous défilions rondement….; un fort grain, crevant sur nous au moment où nous allions atteindre le barrage, assombrit le cadre, ajoutant encore au sauvage du spectacle. Nous fûmes bien vite dans les tourbillons; le temps de commander tribord, bâbord-toute, tribord..... et le barrage était derrière nous. Il était 2 h. 40 !

Nous avions descendu en 13 minutes les trois milles de vrai rapide que nous avions monté le matin en 1 h. 10, ce qui donnait environ 5 n. 5 de courant *moyen*.

Nous nous arrêtâmes un quart d'heure sous Ca-Toc, attendant que la pluie cessât, et à 5 h. 30 nous mouillions à Sambor, ayant descendu tous les rapides facilement et sans incident.

Le 25, je fis route sur Pnom-Penh, où j'arrivai dans la matinée du 31, m'étant arrêté à Krattié le 26 et le 27; à Krauchmar, du côté du père Lazare, le 28 et le 29; à Compong-Chiam, le 30.

Pnom-Penh. — Depuis plusieurs jours déjà la nouvelle du passage des rapides de Préa-Patang, par l'*Alouette*, était parvenue à la résidence, où je trouvai M. de Verneville et M. Araud se disposant à partir pour Stong-Treng, non plus *avec une chaloupe*, mais avec un bâtiment de 40 mètres filant 9 nœuds, avec le *Cantonnais*.

Le résident supérieur m'ayant demandé de l'accompagner avec mon bâtiment, dont le retour à la frontière siamoise lui paraissait très opportun, en même temps qu'il *assurerait la réussite du voyage* « *du Cantonnais* », je pris vos ordres par le télégraphe, commandant, et je hâtai l'achèvement du croquis que nous avions fait de la passe Réveillère.

Le 27 au jour, me conformant à vos instructions, je quittai Pnom-Penh pour retourner dans le Haut-Mékong.

De Pnom-Penh à Ca-Toc. — Le résident supérieur m'ayant prié d'arrêter le programme de la navigation du voyage, j'avais donné rendez-vous au *Cantonnais*, à Sambor. Je l'y trouvai le 3 au soir. Le 4 au matin nous fîmes route pour Ca-Toc, accompagnés du *Cantonnais*, que pilotait mon officier de route, M. Guissez, à qui j'avais donné comme instructions de se tenir derrière l'*Alouette* à trois ou quatre encâblures. Les eaux avaient baissé d'environ deux mètres à Sambor, les courants étaient un peu moins violents qu'à notre premier voyage.

Le long de Caplon, je heurtai légèrement de l'avant un tronc d'arbre, qui devait flotter entre deux eaux, parce que je me trouvais à ce moment sur la route de Fésigny, tracée aux basses eaux, et que la sonde donnait 7 mètres, 8 mètres sans variation.

Je signalai immédiatement au *Cantonnais* de sortir de mon sillage et de veiller.

Ce fut le seul incident de notre navigation ce jour-là. A 5 heures nous étions amarrés à la berge sous Ca-Toc.

Passage des rapides de Préa-Patang avec le « Cantonnais ». — De nombreuses cimes d'arbres sorties de l'eau avaient beaucoup changé l'aspect du barrage. Le chenal dans le rapide était mieux indiqué encore, à mon sens, que lorsque nous étions venus la première fois; mais ce n'était plus ce que nous avions vu, et, dans ces conditions, je ne pouvais pas faire prendre à un officier, quelle que confiance que j'eusse en lui, la responsabilité d'y piloter un bâtiment. J'abandonnai mon projet de remonter à Stong-Treng avec l'*Alouette* et le *Cantonnais*, et je me décidai d'autant plus facilement à laisser l'*Alouette* à Ca-Toc que la reprise de ses drosses, qui était nécessaire, nous aurait retardés et que le *Cantonnais*, beaucoup plus manœuvrant, ne calait que $1^m,90$.

Avant la nuit, je fus encore avec la chaloupe des Messageries la *Mouette*, qui nous avait accompagnés, reconnaître l'*S* de l'entrée du canal, le sonder, et j'y manœuvrai très aisément : aussi lorsque, le

5 au matin, nous entrâmes avec le *Cantonnais* dans les tourbillons de la passe, je n'avais aucune des appréhensions de ceux qui suivaient la manœuvre en spectateurs.

A un moment donné, nous ne gagnâmes plus, le bâtiment cula même pendant quelques instants ; un coup de barre convenable nous fit rejoindre le côté d'un tourbillon qui devait nous aider, et nous réussîmes à doubler ce point mort. La navigation, après cela, ne présenta plus aucune difficulté : nous sortîmes des rapides vers neuf heures ; à midi, nous étions à Stong-Treng.

De Stong-Treng aux cataractes de Khong. — Des visites furent échangées entre le résident supérieur et le gouverneur militaire siamois, qui mit à notre disposition deux pratiques du fleuve, chargés de nous guider jusqu'aux cataractes de Khong.

A 2 heures, nous pûmes continuer notre route. Nous passâmes la nuit au pied des montagnes de marbre, et le 6 au matin, le *Cantonnais* mouillait à deux milles à peine de la grande cataracte, devant un petit village laotien placé au bord de la vaste cuvette entourée de montagnes coniques et boisées, dans laquelle le fleuve se reforme, après avoir été divisé par les nombreux barrages qui l'empêchent de rouler librement ses eaux.

Nous embarquâmes alors sur la *Mouette*, et nous engageant dans une étroite coulée entre deux montagnes, refoulant un courant de 7 à 8 nœuds, nous arrivâmes bientôt devant une jolie plage de sable micacé, étincelante au soleil ; à travers les arbres, on apercevait une échappée de la cataracte ; un bruit sourd, puissant, parvenait jusqu'à nous, l'eau passait rapide, tourbillonnait, comme affolée dans une fuite.

Nous débarquâmes.

Les cataractes de Khong. — Après une marche sous bois d'un quart d'heure à peine, nous nous trouvions devant un des plus beaux panoramas que l'on puisse imaginer, le dominant, l'admirant.

Sur un fond de forêts vert sombre, à nos pieds, le fleuve large d'au moins un mille, luttait furieusement avec les énormes massifs de grès qui veulent lui barrer le passage : sur une longueur de plus de deux milles, suivant une pente raide, ses eaux se précipitaient, furieuses, mugissantes, blanches d'écume, crevées çà et là par les têtes noires des roches.

Après avoir longtemps contemplé cet imposant spectacle, nous reprenions notre promenade sous bois et nous arrivions à un cirque de verdure encaissé dans des rochers, dans lequel un étroit bras du fleuve se jette par un rapide raide et deux délicieuses cascades de cinq à six mètres de hauteur.

Il y avait de la lumière, du mouvement, des bruits gracieux : c'était féerique.

La fraîcheur du lieu nous invitait à nous y attarder, et nous nous serions laissés aller à ses séductions, si depuis longtemps déjà nous n'avions pas dû être rentrés à bord.

On nous attendait pour appareiller : aidés par le courant, nous fûmes bien vite à Stong-Treng, où le *Cantonnais* passa la nuit.

De Khong à Stong-Treng. — De Stong-Treng à Khong, nous n'avons rencontré d'autre difficulté que celle de trouver notre route dans des forêts noyées, où il y a partout du fond, mais par endroits des courants de cinq à six nœuds..... et pour circuler dans ces conditions, entre les arbres quelquefois très rapprochés, il faut être sur un bâtiment bien manœuvrant.

Dans cette saison, l'itinéraire de la mission de Verneville en 1887 est très suffisant pour remonter jusqu'aux cataractes.

Le 7, nous nous mettions en route pour Pnom-Penh.

Le résident supérieur ayant eu à s'arrêter au poste siamois de Vungla en face de Ca-Pras, j'en profitai pour aller avec la *Mouette* étudier la partie nord de l'entrée des rapides de Préa-Patang, et sonder les diverses passes qui pouvaient y conduire.

Descente des rapides avec le « Cantonnais ». — A 10 heures, nous étions de retour à bord du *Cantonnais*, et nous nous remettions de suite en route. Je pris, pour m'engager dans le rapide, une passe plus directe encore que celles que j'avais suivies jusque-là, et, moins absorbé par la manœuvre que je ne l'étais dix jours avant, je pus, en franchissant le barrage, jouir complètement de l'agréable sensation que procure, à celui qui le court, ce steeple-chase d'un nouveau genre.

Tout se passa rapidement et bien, et nous vînmes mouiller à Ca-Toc sur l'avant de l'*Alouette*, dont les feux furent allumés de suite. Nous avions trouvé le courant dans le rapide sensiblement diminué.

Dans l'après-midi, j'appareillai pour descendre à Sambor, suivi par le *Cantonnais*, dont M. Guissez avait repris le pilotage. Nous fûmes aussi heureux dans cette dernière partie du voyage, que nous l'avions été auparavant.

Le 8, nous étions à Krattié ; le 9, au soir, nous arrivions à Pnom-Penh.

Le *Cimeterre* était au mouillage.

De Pnom-Penh à Saïgon. — Le 11 au matin, nous fîmes route pour Saïgon, où nous arrivâmes le 13, ayant passé la nuit du 11 à Vinh-Long, et la plus grande partie de la journée du 12 à faire des sondes à l'entrée du Cua-Thieu.

Le croquis ci-joint, qui n'est que provisoire, le temps m'ayant manqué pour faire déterminer par des angles la position de la nouvelle balise du Norodom, montre que je ne m'étais pas trompé dans mes prévisions. Le banc du nord a gagné dans le sud, rejetant le chenal dans cette direction, et la ligne qui joint la balise extérieure à la balise intérieure, fait passer par les petits fonds.

Pendant ce voyage que je viens de faire dans le Haut-Mékong, je me suis surtout attaché à étudier la question de la navigation dans les rapides. Je suis resté trop peu de temps dans la région entre Sambor et Khong pour en rapporter autre chose que des impressions.

Considérations générales sur le Haut-Mékong. — De Préa-Patang aux cataractes, le pays est magnifique : tout y est grand, le fleuve, les forêts, les animaux qui les peuplent ; le sol vierge y donne largement la vie à tout ce qui le touche, et l'on voit les arbres géants qu'il nourrit, descendre dans le fleuve même, lui disputer son lit.

C'est réellement beau.

Mais l'on se sent bientôt envahi par un sentiment de mélancolie profonde. Il manque quelque chose à cette superbe nature : il lui manque l'homme, il lui manque l'animation, que seul il sait créer.

On le cherche..... on le trouve rare..... on s'en étonne ; un misérable village penon au pied des cataractes, les postes de douane siamois de Bungla et de Siemboc : voilà tout ce que l'on rencontre le long de cette merveilleuse voie fluviale.

Quelques trains de bois, quelques pirogues laotiennes qui, venant d'au delà des cataractes, profitent des hautes eaux pour apporter à Phom-Penh un peu de cornes, de peaux, de gommes, etc., etc..... voilà à quoi semble se résumer le mouvement d'échange de ces immenses territoires !..... et l'on craint que la réalisation des espérances fondées sur l'ouverture de ce pays à notre commerce, ne soit encore bien éloignée !

Entre Préa-Patang et Sambor, sur la frontière du Cambodge, le pays est encore plus désert : les abords des rapides sont désolés : quelques penons campés au nord de Ca-Trum, un Européen, M. Pelletier, installé depuis quelques mois avec une vingtaine de travailleurs, dans le sud de la grande île de Ca-Lonnieu dont il est concessionnaire avec le conseiller colonial Monjeot, sont les seuls habitants que l'on rencontre.

La région entre Sambor et Pnom-Penh est assez connue pour que je n'entre pas ici dans d'inutiles redites.

Partout où je me suis arrêté, j'ai trouvé les autorités cambodgiennes, les notables des villages, très convenables, très complaisants. Le pays est tranquille : le repiquage du riz se fait dans d'excellentes conditions ; si les pluies de septembre ne manquent pas, la récolte prochaine fera oublier la misère de l'année présente, misère noire dans certains endroits de la province de Krattié, où nombre d'habitants en sont réduits, pour se nourrir, à manger des jeunes pousses de bambou et certaines racines forestières.

————

Conclusions. — L'*Alouette*, dans ce voyage heureux qu'elle vient de faire, a franchi les rapides de Préa-Patang, considérés jusqu'à ce jour comme abordables seulement avec de petits bâtiments spéciaux, dont le type était encore à créer.

Elle a prouvé que si la navigation de ces rapides ne présente pas de difficulté, même avec un bâtiment de 50 mètres très ordinaire, pas gouvernant, elle deviendra un véritable jeu, lorsqu'on la fera avec des bâtiments d'une quarantaine de mètres pouvant filer au besoin onze à douze nœuds, ayant leur propulseur protégé et leur avant doublé, s'ils sont en fer, pour les défendre contre l'abordage des bois flottants, que le fleuve charrie pendant ses crues.

Elle a ouvert le Laos au commerce européen. Le sentier tracé il y à quatre ans par le commandant Réveillère, avec le torpilleur 44, est aujourd'hui une route large, droite, sûre pendant les hautes eaux, que j'ai fait prendre au *Cantonnais* des Messageries fluviales, huit jours après l'*Alouette*, et qui lui a permis de pousser une reconnaissance jusqu'au pied même des cataractes de Khong.

On peut espérer qu'au point de vue politique, les conséquences de ce voyage ne seront pas moins importantes......

Paris. — Imprimerie L. BAUDOIN et Cᵉ, 2, rue Christine.

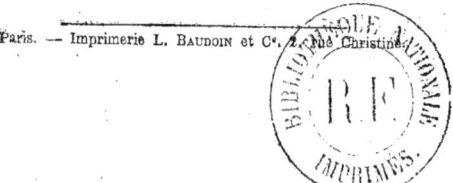

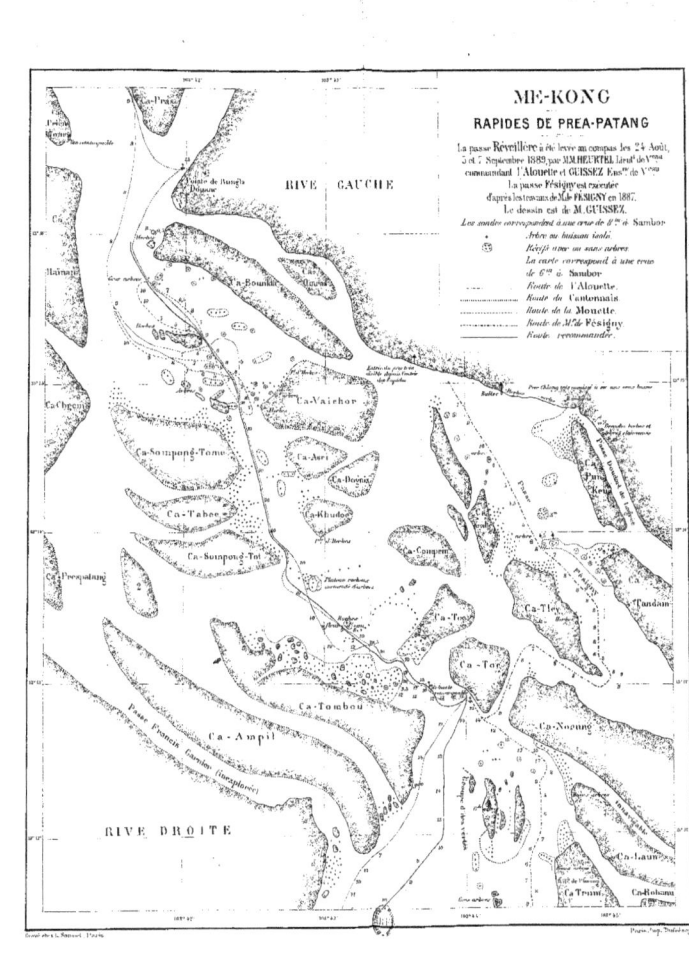

ME-KONG

RAPIDES DE PREA-PATANG

La passe Réveillère a été levée au compas les 24 Août,
5 et 7 Septembre 1889, par MM.HEURTEL Lieut.ᵗ de Vˢˢᵉᵃᵘ
commandant l'Alouette et GUISSEZ Ensᵗⁿᵉ de Vˢˢᵉᵃᵘ
La passe Fésigny est exécutée
d'après les travaux de M.ᵈᵉ FÉSIGNY en 1887.
Le dessin est de M.GUISSEZ.

Les sondes correspondent à une crue de 8ᵐ à Sambor

✳   Arbre ou buisson isolé

🌳   Récifs avec un sans arbres

La carte correspond à une crue
de 6ᵐ à Sambor

Route de l'Alouette.
Route du Cauternais
Route de la Mouette.
Route de M.de Fésigny
Route recommandée.

RIVE GAUCHE

RIVE DROITE

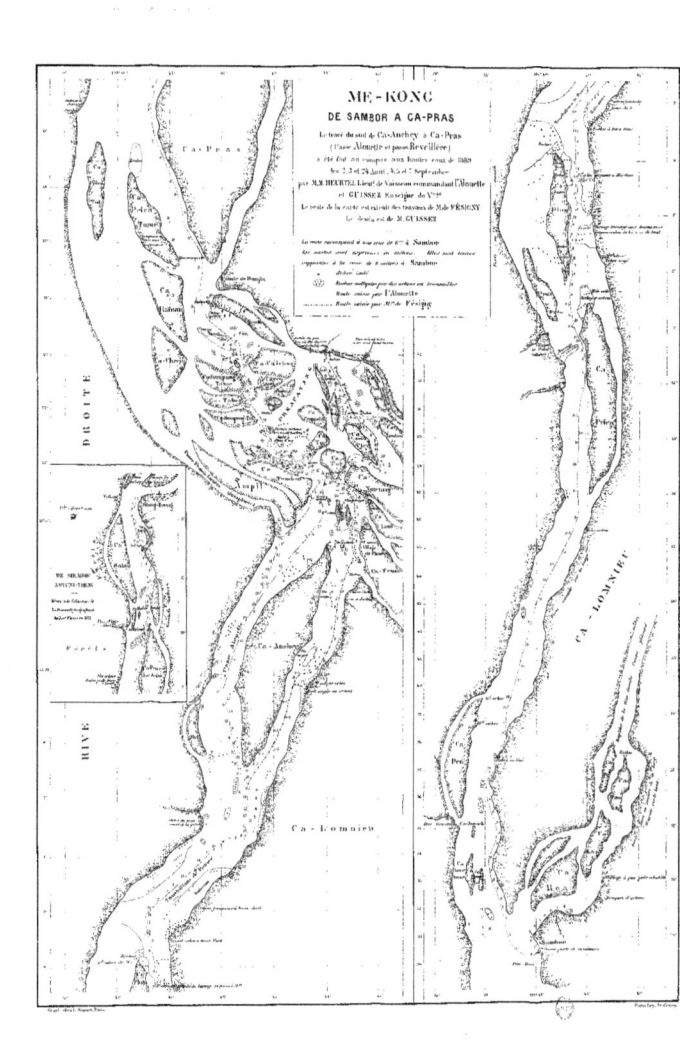